歌集

日本語中級1クラス

米倉歩

角川書店

Japanese Intermediate Class 1

Ayumi Yonekura

日本語中級1クラス＊目次

I（二〇〇四年〜二〇一二年）

装幀　國枝達也

歌集　日本語中級１クラス

米倉　歩

Ⅰ（二〇〇四年～二〇一二年）

会話の時間

プリントの束を抱えて駆け上がる捩じれたままの螺旋階段

情も欲もある貞愛《ていあい》のしろたえのシャツに充満してる肉叢《ししむら》

Tシャツと思っておるか楊《ヤン》さんのそれはグンゼの下着だってば

玉藻刈るおとめご美玉《びぎょく》鳴る鈴のいまだ鳴らざる日々を生きつつ

洋として敏にはあらず愛すべき葉敏《ようびん》がいて和む教室

Saddam《サダム》さんは英語がじょうず遅刻せず居眠りもせず姓はHussein《フセイン》

ナンパについて話していますわが校の金正日《キムジョンイル》とSaddam《サダム》 Hussein《フセイン》

「にっぽんはきれいでべんり」その先が聞きたくて待つ会話の時間

コンビニでヘンな雑誌が買えること指弾されれば日本人われ

降る雪の白き歯をもてさっくりと空論を切る李慶《りけい》ちゃんよし

美国

複雑な内面だけど簡単な日本語で書く初級作文

〈であります〉と書く学生もおりましてすなわち〈ありま〉に棒線を引く

張　涛《ちょうとう》に仮面一枚剝がされて怒気に歪んだ面《おもて》をさらす

粋がって茶化して笑ってむらぎものきみの心が寂しがってる

学生のケータイすべて召しあげて権力は午後二時の静けさ

困らせるだけの問いだと知りて聞く「アメリカはなぜ美国《メイグオ》ですか」

「魚釣島は釣魚島といいます」とそんなところに話は落ちる

うつろなる国家の檻に飼われたる汝をかなしむ我をかなしむ

秘めごとのように眩しいきみが話すプラネタリウムの星々のこと

ひねもすを雨は車に轢かれつつ灼けつくような音をたてたり

ガラケー

わたくしを知らぬ諸手がめりめりと雑巾絞りもりもりと拭く

雌性生殖器のような地下道のふくらみにいてしばしば迷う

しゅわしゅわと黒く泡立つ飲み物を好めばそれを若さと思う

みずからをかく鮮やかに否定してありけり禁煙マークのたばこ

観覧車は回らなかったひたひたと遠景が窓に満ちてくるだけ

熟れてなお落ちどころなきこの身かも川沿いの道を風に吹かれて

自らの虚《うろ》を螺旋に閉じてゆくハイビスカスの花の終わりは

雨に打たれけばだつ羽の鈍色の再起不能の疲れよ　うち臥す

すでに何かの祈りであった階《きだはし》のように積まれて崩れぬ本よ

ガラケーは柄物携帯　言い切りてわたしは明日の扉をひらく

句点

燦然と戦いの喩に彩られ時は霜月受験期に入る

受けさせて合格させて自らを受験屋という人もいるなり

腹の底から笑いたくなるような派手な喧嘩がしてみたし今

閥と閥の細き回路をすり抜けてすり抜けて来つ影のごとくに

あいまいに天地を包む春という季節がめぐり人はさびしい

使い捨てられるマーカー見つつ思う辞める時にはわたしから言う

さよならの後には句点打つことを静かに告げて最後の授業

夕立のような拍手を浴びながら離職のことば待たれていたり

さんざめくあまたの目玉前にしてほんとのことは何も言い得ず

高く手を掲げ微笑む夢の中なればあまりに美しきわかれ

茶　織

叢雲のパンを食みつつ誰からも領有されぬわたくしである

産む性の産まぬ個となりひさかたの光のどけき春のベランダ

犬がゆく春の草生《くさふ》をしなやかな命が嫩《わか》い命を踏んで

自転車がばったばったと討死す突風抜けし公園の前

父と子の間をどこか投げやりに往還してるサッカーボール

さびしくてテニスボールは転がって転がって人の手に拾われぬ

進歩とは薄く小さくなることと思いつつゆくケーズデンキを

方形の秘密をだれも携えて電車に乗れば覗きこむなり

ほの暗き取出口に横たわる茶織《さおり》という名のボトル一体

刃物にぶく光るを持てばキッチンにゆるく巻いてる春キャベツあり

自己紹介

各駅に停車するたびわが陣地いよよ狭まる満員電車

出口まで２・５ｍ《にメートルはん》相棒の鞄の肩を先立てて往く

エレベーターに汲み上げられて5階まで行きつく先はアジアの坩堝

自己紹介恥じらうことなく名を借りる米倉涼子と浜崎あゆみ

強そうな名前の中に雨の付く名前が混じる学生名簿

朝めしや食パン一斤買ってきてさもうまそうに食う猛者がおり
Jacky《ジャッキー》はタイの学生完膚なきまで染めあげた金色の髪
とりあえず教壇まえに一線と言われるものを引いてはみたが

寂しさは「しつもんで～す」とやって来る木綿豆腐のようなおみなご
おとなしい女子と見おれど授業後に鉄槌のような質問を浴びす

結界

しろがねの郵便受けが銜えいる鉉辰《ヒョンジン》が今朝配りし朝日《あさひ》新聞

階段はわれの花道のど飴をがりんがりんと嚙み砕きつつ

劉峰《りゅうほう》を調伏せんと勇む朝の　のうまくさんまんだばさらだんかん

不動さまの呪文身ぬちに満ちみちて白熊劉峰いざ出で来たれ

結界に踏み込んでいく呼吸もて今教室のドアを押し開く

教室に劉峰おらず　何だっけ小池光の歌にあったな

「水道管が破裂しました」具敏《クミンソ》書の欠席理由ここに極まる

「植民地の人々」という言い回し例文にあれば音読するも

台湾の韓国のタイの中国の学生はそれを復唱したり

こんな日は酸味の勝るコーヒーを喫茶〈Ｓｍｅｌｌ〉にへたる一時《いっとき》

堪忍袋

席替えをせんと赴く教室に抵抗勢力の後姿《うしろで》は見ゆ

かしましき女子の二人を引き離す忍辱寛恕《にんにくかんじょ》のこころに遠く

幾重にも声の大波打ち寄せてペア練習のいたく盛り上がる

今きみの響く部分に触れたのか初風ふいて暁蕾《しょうらい》が笑む

頭から尻尾まで無垢な日本語を聞きたい時に指す一人あり

わたくしの堪忍袋の強度など試さんとして彭《ほう》がまた来る

都合のいいことしか聞かぬ耳なればわれの母音の震え届かず

身二つに折りて机にめり込まんばかりの劉《りゆう》か電池切れらし

水を欲る木に火を点けるならいにて終業十分前のプリント
「終わります」と言えば本日初めての笑顔となりぬやるせなき劉よ

夢の国

地球儀が水滴らせ回りいる下にて記念写真を撮らん

風のように学生が来てはつふゆの体よりたつクミンの香り

ゆえ告げず集合写真は禁止とぞ険しい声にわれら逐われて

寒空に万策尽きて立っているそんな感じの植込みの椰子

ベンガルのRahman《ラーマン》さんこそかなしけれスーツに風呂敷提げて現る

風呂敷の中身は御重ふた重ね昼の宴の料となるべく

食う場所のついになかりきラーマンさんの眉間の深き深き縦皺

ぬばたまの夢の国なる不自由を知りてカメラを向ければ笑う

引率の野田先生と行き合えば成り行きで入る〈tower of terror《恐怖のホテル》〉

箍《たが》の外れたエレベーターに括られて二人奈落へ落ちてゆくなり

鎌倉へ

鶴岡八幡宮の縁起など語りつつ行くいざ鎌倉へ

はろばろとこころ放てよ海原が見えてく車窓《まど》に広がってくる

八幡宮の参道をゆく真昼やや得体の知れぬ一群となりて

アルバイトは土方と書きし金哲《きんてつ》が夜ごと勤しむ地下鉄工事

ひたぶるに光ヶ丘を掘り進み日当一万円のかがやき

一年の学費を三月《みつき》で稼いだと　金哲がきょう伝説になる

「先生はもうかりまっか」と言う哲に「あきまへんな」と答えてやりぬ

手を清め口を漱ぎてサンダルの足清めんとするをとどめる

賽銭はいくらと聞かれおごそかに五円がもっともよろしと答う

おみくじはこうやって引くもんなのと見事に凶の卦を引き当てぬ

若木のように

台湾の東呉大学より来たる高《こう》さん一途に日本を学ぶ

におやかに藍の浴衣を着なしたれきみ姫沙羅の若木のように

黒髪は青光りしてそのかみの瑞穂の国に滅びしさおとめ

はつなつの茶を愉しまん鶴首の花器に縞葦すずしく入れて

すがやかに茶筅ふりいる高さんの美しければ何かいたまし

伏し目がちに茶碗さしだす目の縁のおもき睫毛に水か匂える

ひざまずき辞儀交わす時まぎれなく中低《なかびく》のわれらアジアの女

手にとりて青く泡立つ濁り江を二回まわして飲みほしにけり

百人一首

Mack《マック》きみが秘匿している本名はアッチャーピモン・プロンプラムだ

「イ・ハンビッ」ときみは書きしが語尾の「ッ」を消したかりしよ吾《あ》の日本人

語尾の「ッ」を抹消せんとする右手《めて》を多文化主義者の左手《ゆんで》が阻む
ゆわゆわと疲労の靄が湧き出ずる林雄《りんゆう》の旋毛《つむじ》　起こさねばならぬ
語らえばきみの内なる中国が律儀に助詞をとばさんとする

助詞はつまり糊なんですと言ってみる　意外な顔がふかく頷く

今学期最後の授業おもむろに「百人一首」取り出だしたる

音と表記に疎隔があるも事もなく札を取りゆくきみらを怪しむ

日語日文科《にちぶんか》の矜持が響く権恩和《コンウナ》の札取る時の「はいっ」という声

授業後の机のなかを見て回る一人ひとりのうす暗がりを

黄金のビール

上級に雲と泥とのふたクラスありて今日から泥の担任

手前から奥へとドアを押しひらき希望に出会うための教室

ヘタクソな日本語ばかり飛び交ってなぜか目覚める母性本能

今たぶん渾身の笑み行間をよむには凄い目力がいる

躓きの石の「は」と「が」の使い分け言い切れば零れ落ちてゆくもの

「没収！」は戦の狼煙攻防の末にケータイふたつ手にせり

さびさびと叱る術など身につけて嫌な大人になったもんだな

後悔のすじ雲のこる授業後のボードの文字はてのひらで消す

学校に授業以外の時間ありて宇宙のように膨張つづく

ゆるやかに明日へと続く生きの緒の夜を照らせよ黄金のビール

変　人

改札のくびれつるんとすり抜けて金魚のように左へ曲がる

冬と春のあわいに寒く光る街ストックの香のかすか泡立つ

かなたよりたちまち節足動物のようなランナー近づいてくる

卒業のその日も間近学校は吐き出すための蠕動《ぜんどう》はじむ

島なのか岩なのかしばし盛り上がり消え入りそうな沖ノ鳥島

金哲が連呼している「トウシンコ」唐辛子だと気づくまでの間

すごろくの上がりの前で泥んでる金哲　振り出しに戻るなよ

「おぎゃーおぎゃー」を甚く笑える学生は「うんえーうんえー」と泣いて育ちぬ

膠健《こうけん》に変人にされた恋人のこと思いつつ直す変の字

バレンタインデーに別れた五百円きょうドーナツになって戻り来

遅延証明

寝不足の今朝の救いぞ前列に拈華微笑《ねんげみしょう》のMoe《モエー》おりけり

新顔のTony《トニー》とJoe《ジョー》のいるクラス嫋やかに笑むタイの男子の

きみたちの二級受験を急峻な漢字の壁が阻まんとする
見るほどに悪魔の技に見えてくる漢字かトニーの眼《まなこ》がおよぐ
くろがねの尖閣諸島も教室で話題にのぼることなく過ぎぬ

授業はや佳境に入ればやって来る萍《うきくさ》の名に相応《ふさ》うひとりが

王萍《おうへい》の葵の御紋今朝もまたぺらっとよこす遅延証明

目標を見失いたる学生を理解はするなただ叱るべし

従業員口から出入りするようなまだ馴染めない一人が下校す

新入生窓辺に置いて朝なさな水やるように言葉をかける

赤ペン

Natto や umeboshi を食う奇っ怪な人間としてある時のわれ

玉梅《ぎょくばい》の化粧が急に濃くなって何かあったか恋に落ちたか

隈取のような目元に理不尽な力は宿り　またしても見る

草も木も茂れる五月奥山に踏み迷いたるきみたちがいて

雑談になればやにわに百年の眠りから覚め顔上げるあり

漁《すなど》らん珠なすことば灰貝のように寡黙なきみをひらいて

採点や赤ペン持ちて答案に灯ともすように◯付けてゆく

身のうちの霧晴れることなき五月閉じた傘から雨が降りだす

震災のあとのにほんはこわいから　あまた帰りぬ帰りて戻らず

ひねもすを雨に打たれし大楠のみずみずとした怒りに逢いぬ

ジャパネット

凹凸の凹深くなりし顔面を朝の冷たき指になぞるも

あからひく「モーニング娘。」を思わせて名前の欄の「車恵真。《チャヘジン》」の文字

学割をもらえぬ日本語学校生　そういう国にきみらは学ぶ

プロ野球の消化試合にどことなく似てなくもない三学期なり

推薦状ひとつ書き終えジャパネットたかたの髙田明かわれも

出席率の縛を噛み切る獏もいて叱れど仕方なきこともあらん

雷に打たれたように蓬髪をふるわせ詰るこの主任はも

犯行の証拠とならんわたくしの流紋あまた残る携帯

しょげかえるわれの傍《かたえ》に犬は来てこれみよがしに溜息をつく

いくつ時をつかみそこねてきしものか　見上げる空に完熟の月

蛍の光

三月に選ぶスーツの繭のいろ旅立ちは白きひかりであれば

縁《えにし》浅ききみたちなれど卒業のときは来たりて今朝の淡雪

たまわりし名誉のごとく読み上げる明日からはもう呼ばない名前

闘いの日々であったが　引き分けと思いつつ聞く蛍の光

ぎこちなく微笑むきみのさびしさの生地に触れたと思う別れよ

聖餐のパンのごときを受け取りぬ差し出されたるひとひらの文《ふみ》

はにかみて顔赤くなる瑞楠《ずいなん》の言葉少なくありし一年

春山の木《こ》の下隠《がく》り灯る火のきみのまごころわれを泣かしむ

われもまた卒業されどここを去ること告げぬまま別れてゆかん

学校に未練はないと言うときの未練のような学生かもしれず

Ⅱ（二〇一三年～二〇二一年）

おじぎの角度

なすことの多きひと日よ汁の実に豆腐賽の目に切り分けて

職歴がすだれのように長くなりふともよぎりぬ生涯面接数

面接の部屋に通されはしなくも上座に座り下座に移さる

多文化共生社会ということば誰のお告げかこの口を出《い》ず

ビジネスに縁遠くきてともかくもビジネス日本語教え奉る

にっぽんの企業文化の屋台骨その過剰なる敬語にひるむ

何にでも付けます「させていただきます」（汝おのれの意志にて致せ）

つまるところ言葉であれば質より量　八重九重に練習つづく

潮目やがて量から質へ変わるころモデル会話が変形はじむ

「おじぎの角度」コラムにあれば読ませおり45度の日本人われ

プライベートレッスン

ハッタリはスーツ売り場にできる女風の一着手に取りており
ふりこぼす雨の匂いのなつかしさきみはコートをふわりと脱いで

促して言わせて聞いて頷いて　何の仕事をしてるのだろう

「親子丼」という言葉のやるせなさきみの苦笑に教えられたり

誰が言いしか「日本語芸者」という言葉この日のわれの心を去らず

水たまりに尾灯のあかり咲いて散り咲いて散りバスは行ってしまった

霧雨のなかやって来て終バスはまだあたたかい一斤のパン

誰もみな足もとを見て乗り込めばどこか知らない街へゆく舟

豪雨　雨の絨毯爆撃どこまでも身代わりに撃たれている沖縄

台風が街を洗っていったのち起き上がれないトラックの見ゆ

競馬場

東西の文明がゆるく交差するfar eastの朝の教室

韓国人と韓国人が日本語で話すところを教室と呼び

今朝もまた遅れてきたる学生を「おそようございます」と言いて迎える

深遠な理由があるに違いなく今朝はJacob《ジェイク》が教室にいる

会話練習一番Jacob《ジェイク》とMichael《マイケル》が「いつもお世話になっております」

江戸勝

極東の島に神秘の文字はあり外《と》つ国人《くにびと》をいたく惑わす

「のぎへん」の意味を聞かれて稲の絵を描けどきみらの胡乱な目つき

「電」の字の最後のぴょんはコードです　Miller《ミラー》さんだけ嬉しそうなり

ペテン師と言われようとも新しい漢字を五つ覚えてもらう

江戸勝と書いて江《エ》戸《ド》勝《ウィン》ルビを振りエドウィンさんがニッと微笑む

木が林に林が森になってゆく　絵を描くように漢字を書くね

シリアには今帰れない　折からの雨ふいにやむ静けさに言う

色見本帳の十四のどの青の深さでもなく　Ziad《ジアド》の瞳

ミラーさんが長袖でした　十二月十日の引継ぎノートに記す

指先をすこし濡らして切るレモン夜半すぎるころ雪になるらし

オリーブ石鹸

出っくわす一方通行《いっつう》の道路標識の矢印いつも自信満々

植込みの黄楊《つげ》の根方に破《や》れ果てた三角コーンの無念ころがる

白き身をよじりたるままむっつりと人の手を待つ卓のおしぼり

俺さまの出番はいつだ　絶望に棒立ちしてるぺんてる筆ペン

うらさびておのれは何をするものぞ　自分を見失ってるハサミ

別るるに痛みも言わずあと腐れなき付箋かな貼って剝がして

俯瞰する人の暮らしのうすら寒く秋の夜長を立つ扇風機

歳月はおまえにも降り角とれて丸くなりたるオリーブ石鹼

大仏

鉄橋をわたる車内に薄日射し重石のように眠る大仏

初電はや母のこころに揺れて行くほどけて眠る男を乗せて

こちら側のドアが開くたび戸袋に入って行くわ石原さとみ

首都高のくねる肢体は大井ジャンクション手前で開脚はじむ

使い勝手のいい人間ねわたしたちグーグルマップを掲げて歩く

なんかこうスカッとするじゃん春過ぎてなお咲き誇る文春リークス

芍薬の十尺玉がひらくとき花芯にひそむ機関銃あり

機関銃ぶっ放されて芍薬のその芳香に撃ち抜かれたり

Zoom

たまかぎる日本語レッスン始めんと液晶いちまい隔て向き合う

にっぽんの残暑に萎えるわれの目に海よりあがりて髪濡らすきみ

いまきみがカメラを振りて映し出すさ霧のなかを冷ゆるフィヨルド

口もとを凝視されれば親鳥の口腔やにわに大きく動く

ベルゲンの朝に満ち満つ静寂を破りておらんビジネス日本語

きみの語尾にわれの語頭がまた触れてタイムラグなる神に笑わる

渋面に考えている角付きのバイキング帽が似合う面《つら》かも

「ノルウェーの企業を日本に…誘致します」誘致の箇所で出す助け舟

「さくら」という白犬雲の湧くごとし大き腕《かいな》にかき抱かれて

対面で会う日もあらな虹のような約束をして閉じるＺｏｏｍを

豆粒

新しき校舎はとみに分断が進みて下っ端ばかりの部屋が

感染と伝染のちがい聞かれれば臆面もなくひらく電子辞書

十夢《トム》さんの粘着質な質問をうっちゃる術《すべ》は気合しかない

言えばすぐに言葉かぶせてくる奴よ黙ればいよよ勢いづくも

反論はかつ消えかつ結びて喉もとに　真に怒れるわたしは静か

顔面の上半分で付き合えるJohn《ジョン》さんの目が笑っていない

中年の濁りを生きて突き刺さるBetsy《ベッチー》さんの白目のしろさ

同僚と今日のひと日を清めんと１９０円のホッピー呷る

座右の銘でもない「生涯一教師」卒業生に励まされおり

屋上の豆粒ほどのにんげんが右に歩き左に歩き　しゃがむ

仮想敵

髪切りに行くジョンさんに捕捉さる「ミドルフェード」を知らざるわれは

髪型を説明したいジョンさんのわれは察しのわるい美容師

みちばたで試運転して送り出す生きたにほんご使う現場へ

Oh《オー》, man《マン》…（なんてこった）と呟かるわが調音のハリー・ポッター

にっぽんのカタカナ英語は仮想敵出くわすたびに呪詛のつぶてが

助詞の前でいちいち止まる話しぐせ地雷踏むのを恐れるような

海兵隊すなわちわれわれの敵なるにペラペラになる時を夢見る

もう派遣されません今パソコンで仕事してますとてもいいです

聞けぬまま終わってしまうそのむかし仕事場だったイラクのことを

気構えは甚くよろしきジョンさんの「お疲れ様でした！」だけが日本人《ネイティブ》

ですます体

ストリートファイターの気を纏いつつ膝は揃えて座るきみかも

やりたきはデカい会社の受付嬢すぐさま直すデカいは大きい

文法はなっちゃいないがべらんめえ数珠つながりに出てくる言葉

アイラインきりりと引いて感情がいちいち溢れうつくしい瞳《め》よ

にっぽんで生きていくって決めたから欲しいJLPTN2《ジェイエルピーティーエヌに》

「ですます体」厳守を言えばまずもって「ですます体」を教えねばならぬ

名詞はなぜ名詞なのかと言い放ちあとは毘盧遮那仏のまなざし

如何ともしがたき問いを如何にせん口をパクパクさせる鯉はも

これまでの逆を行くのだわれもまた防具外して打ち合うほかなし

いざ二人子の待つ部屋へStephanie《ステファニー》コート羽織りて艶然と笑む

くれます

翳り濃き夜のクラスよステファニー若草色のニットに現る

「子育てはたいへんですがたのしいです」今日は七課の形容詞文

土曜日の保護者面談なま傷をひとつこさえて呵呵呵と笑う

人の親になりそこねたるわれなれば無力なりそっと飴などわたす

鬼門なり「あげます」「くれます」「もらいます」胡乱な奴よと思う「くれます」

「くれます」のあなた主体の物言いを思えば日本語的な「くれます」

実際にやって覚えて我彼の手を二往復するチョコレート

もぞもぞと一押ししたるポンプの頭《ず》揉み手をしつつ持ち場に戻る

人ごとじゃないがとっとと帰れよと思う向かいのビルの煌々

人はだれも破れやすき水ぶくろ午前零時の深夜バスにて

モデルナ

ゆくりなくハイブリッドがオンラインのみに変わりて外すマスクは

はばかりの何あるものぞ口もとを見らるることの何かはずかし

隠すべき箇所ひとつ増え文明の進化の跡とのちに書かれん

資料共有せんと画面を切り替える刹那ジョン奴《め》の大あくび見ゆ

元気出せと言わねど会わぬこの間の微細な進歩おおげさに褒む

モデルナをいちど打たれしジョンさんに感想聞けば注射は痛い

軍人は医療費ただのジョンさんのうべなう日本の皆保険制度

春雨にものの芽ぬれて情緒過多なわれの鼻腔に満ちる草の香

供給が止まればやがて死ぬならい日本語学校飢《かつ》えするどし

疲れだけがわたしのものだ螺子ゆるむようにベンチに腰掛けていて

適正温度

モニターに顔差し出すや「モウスコシハナレテクダサイ」剣呑な声

画面には適正温度と示されて35・6℃のわれが

所詮そは表面温度エラそうに測りちらしてサーモカメラよ

天井の低きを狭きこころもて低体温のわれは歩める

マスクしてことばの授業の笑止なるその笑止にも慣るる人かは

ジョンさんのカタカナ英語パトロールいや増す寒の厳しさに似て

「スピーチ」はもはや日本語しかすがにそは「演説」でなければならず

「青組が赤組に勝ちました」って運動会じゃないんだジョンさん

きょうわとう／みんしゅとう口に何遍か唱えて満足そうな微笑み

ハイブリッド

われらみなやるせなき日々を生きていて授業中間アンケート憂し

アンケート回収箱の暗がりに吾《あ》を査定することばが眠る

ご指摘の点に関して善処するわたしであれば危うき数日

ハイブリッド授業に魂《たま》は抜かれしを窓にひろがる楠の若葉よ

折からの雨にうるおう楠の木の緑のそよぎ見つつ飽かずも

背もたれに放心しつつ小指から少しずつ負の電気したたる

外皮めくマスクはがして楠若葉かおる五月に顔を突き出す

ガザを悼む　爆弾に敵を消すというめでたき稚気を笑えよ若葉

五輪書

水無月の色なき日々をとぼとぼと歩く街路のくちなしの香よ

春学期ひとまず終わり夏学期はじまるころに出番はあるか

いい校舎だったがコモレ四谷ってヘンな名前のビルになったぜ

やめちまえって誰も言わなくなったよな　ああやだ五輪もワクチンもやだ

犬《モモ》はもういないんだった　なあ空よ上を向いても涙はこぼれる

私的には五輪といえば『五輪書《ごりんのしょ》』精神論を説かぬすがしさ

顔そむけチクっとするのを我慢してるあいだに五輪は終わらない

ばかだから指導者ばかだから選ぶあたしたちばかだから突撃！

宮交バス　コロナ禍で帰省できない者の「エア帰省」

ふるさとは遠きにありて葱きざむあさ鼻の奥にツンとくるもの

くまモンのいる空港を出でて待つ宮交バスはひと日に二本

ぎらぎらと地上圧する炎帝に草の匂いがむっと突き上ぐ

炎熱にきつく絞められじわじわと前腕屈筋群に浮く汗

ここからはひと山越えてゆく陸の孤島というがわたしの故郷

ただいまと引き戸開ければおかえりの声より先に届く酢の香よ

香ばしき思い出のなか湯気たててアルミ薬缶に煮える麦茶は

櫛触《くしふる》の杜の深さよやがて死ぬ蟬らの大音声《だいおんじょう》にたたずむ

棒鱈

生きの身のわさお好みし棒鱈はわが山ぐにの盆のごちそう

海の香よ潮の香よいまキッチンにシーラカンスのような棒鱈

ブツ切りの棒鱈水を吸いに吸いぶりんぶりんと鍋に犇めく

風味濃き棒鱈煮るにいや増せる砂糖に醤油砂糖に醤油

飴色にとろり煮あげて犬《モモ》その他あまたの死者に供えん盆鱈

散薬のごときゼラチンふり入れて掻き混ぜる間をコーヒーの香や

ふるふるにせんとゼラチンぎりぎりに減らさんとわれの勘は冴えるも

匙に掬うコーヒーゼリー沢すじを〈スジャータ〉白く流れてゆけり

カラフルファイブ

とある日の俗なるわれがプランター並べてはじむベランダ菜園

にわかロハスと揶揄するなかれ血統は由緒ただしき百姓である

土づくりの思案は尽きてD2《ディツー》に〈野菜作りの土〉をあがなう

薄曇りつづく日々なり丹念に〈カラフルファイブ〉の種子を埋《うず》める

ルッコラに水菜わさび菜ばら播いて芽が出るまでの落ち着かなさは

秋日差しやわらに届き愛《う》いやつが細きうなじに土を持ち上ぐ

密密になりたる双葉抜くよりは切るがよろしと言うに従う

双葉ほどかわゆきものはないものを　手に百均の鼻毛切り鋏

あわれかつて戦下に飢えし民草が議事堂前を芋畑にせり

何に備えるわが菜園か折々に若芽撫でては和ぐこころかも

Ⅲ（二〇二三年～二〇二四年）

趾

街灯のあかりの中をきさらぎの名残の雪か霏霏として降る

侵攻のニュース聞きつつ飯を食む黙しつつ食む味なき飯を

はじまりは居留民保護のうそさむき大義がまたも掲げられたり

川面《かわづら》を見下ろし三たび旋回し大鷺《だいさぎ》たわと石に降り立つ

ガルージンの日本語やけに達者にて無理筋が理路整然と聞こゆ

首ながく伸べて水面《みなも》を凝視する鷺の趾《あしゆび》ひろがりており

侵略とこれを言うならこの国のかつて為せしも侵略だろう

反対を叫ぶ老女を曳いていく捕吏の顔つきカメラは捉えず

竹やぶに雪は降り積み土ふかく根を張るものの強さに撓う

雪解けの水ながれ込む那珂川の濁りは滾つ濁りはちから

春愁

花曇り身ぬちの水の重たくて背もたれふかく沈みこむ午後

犯罪でなき戦争があるごとく戦争犯罪なる語とびかう

自分らの戦争だけは正義だと思う爺の春のめでたさ

春愁をふかむるごとく火星砲17霞む空をよぎれる

さくらばな開ききる日の空の青ひとは空しく血をながしつつ

嗚呼《ああ》４６０ｍ／ℓ《リッターよんひゃくろくじゅうメートル》の戦車キエフを行き泥みおり

油欲りてほうぼう回り１７２円／ℓ《リッターひゃくななじゅうにえん》のサインに停まる

内部から崩《く》えよベルーハ祈るしかできぬ無力に鍬をふるいつ

世の中にたえて大国なかりせば春のこころはのどけからまし

若よもぎ

わがために春の野に出でてよもぎ摘むあまり柔きに指はまどいつつ

あわれわれに万葉びとの裳裾なく位置かえるたびに軋むゴム長

若よもぎ沸きし曹達《ソーダ》の湯に浮きてたちまち青き春の香はたつ

「茜丸《あかねまる》」のつぶあん餅に包むとき包囲に飢えつつある人らはも

レニングラード包囲をかつて生き延びし母持つというかのウラジーミル

いのち張りて肥えたるわらび手折りつつみずみずと春を生きたしわれは

仕舞いまで見られぬニュースこの人を英雄になどしてはならぬを

金を与え武器を与えて戦わすものを味方と言うもせつなし

緻密なることの寒さよ分析し予測しだれも止められはせず

贄

二〇二二年七月八日、安倍元総理、奈良市で演説中に銃撃されて死亡
山上徹也容疑者逮捕　三首

犯行現場の手製の銃がいくたびも映されなにか涙ぐましき

あやまたず撃ったのだろう　巻きついた糸の起点はそこなのだから

みずからの長期腐敗体制の贄《にえ》となりきと白井聡は

二〇二二年七月一〇日　参院選で自民・公明の与党が圧勝

こんなにも自公を選ぶひとたちがいっぱいウポポイ歌うしかない

二〇二二年七月二六日、秋葉原で七人を殺害した加藤智大死刑囚の刑が執行される

身に沁むや中島岳志の論評の中なる「加藤君」の呼びかけ

中島岳志『秋葉原事件〜加藤智大の軌跡』三首

凄絶な生い立ち読めばぎりぎりと胃は絞らるる　誰か助けて

ゆで卵水に沈めて冷ややかに本音吐かなくなるまでを見つ

非正規の「非」の非道さを言わぬままきみは国家に殺されにけり

平然と日本の雇用をぶっ壊し生き永らえているのは誰だ

呉服橋パソナのビルの壁面にもじゃもじゃと薔薇は咲いていたりき

葉見ず花見ず

木犀のほのぼの香り一匹に供える水のいや澄める朝

ああ水が飲みたかったね　死に水をつゆ思わざりし馬鹿者われは

つくづくと花の造作の精緻さに見入りてまぶし田の曼殊沙華

秋高し稲刈る人のかたわらに我うかうかと花を見るひと

うつくしやおそろしや秋の美野沢の素裸のまま佇つ曼殊沙華

みだれ咲く葉見ず花見ずとことわに赤きうねりは血ではなけれど

うなだれて行く若きらの列長く痛いニュースは最後まで見ず

テレビカメラは映さざりしかおもむろに踵を返す希望の貌を

柚子

くらき顔に屈託抱え蘭《ラン》ちゃんが教室の右隅に膨らむ

問えば答う姉へのでっかい鬱憤を語法正しき例文にして

文法は完璧なれど「クソ」の語のまじる例文板書に迷う

たおやかな微笑に透けて辛《シン》さんの鋼《はがね》の芯は見ゆ頼もしき

Steven《スティーブン》気象予報士なりしとぞ本日問うは二十四節気

風呂に蜜柑入れる日訊かれしめやかに冬至のあとに告げる柚子の名

三井物産《ぶっさん》のSebastian《セバ》さん日々に尖りゆき今日「ゴマすり」という語を吐きぬ

「ゴマすり」がにわかに流行る教室にすかさず語源を聞くか辛さん

Rishi《リシ》さんの開襟シャツの胸元に漆黒というべき胸毛満つ

賢人は常《つね》五分なる遅刻にも道理があるとわれに思わす

挽きたてリッチコーヒー

このあした無人の島に流されてひたに船待つごとく畏《かしこ》む

待つ間《あい》に壁に両腕突っぱりて腰痛体操などもできます

雪空を徒歩《かち》にて来たるCatherine《キャサリン》の素足にＮＩＫＥのサンダルすごし

答案の「カサリン」の名の黒々と力みなぎりたるは眼福

ずぶずぶの疲れにおるかMyron《マイロン》は日本語の問いに英語で答う

行き先は決まりしがバリのジャングルに植えて再生させたききみよ

にっぽんが何をしたのか終《つい》に「お」の「、《てん》」を書こうとしなかったよな

四谷見附交差点なるＫＦＣ《ケンタッキー》ややうらぶれて建つに憩わん

ぬばたまの挽きたてリッチコーヒーが胃の腑に落ちてひとつため息

春うらら

きょう弥生鼻をぐずぐずいわせ来るキャサリンの手に一箱のnepia《ネピア》

キャサリンは台湾の人しばしばも豊穣の女神《デーメテール》をわれに思わせ

問題を解く間も垂るる鼻涕《はなみず》のずるずると引き出さるるnepia《ネピア》

鼻をかむ音いななきのごとかるは日本の花粉のせいだから堪《た》う

ぶひひひと響《とよ》む音にもアドニスのような面《おもて》を上げぬMichel《ミシエル》は

いささかの義憤に駆られスマホ画面ばかり見ているミシェルに当てる

白河に住むじいちゃん　ときみは言い白玉の歯にとける淡雪

麗らかやけどおき冬の眠りより覚めたる亀と散歩するLien《リエン》

公園に亀を遊ばせかたわらに本読む春を嬉々と語るも

春うららかすみたなびく中空を酔えるごとくにゆく飛行船

空気汚染測定器

気鬱なるものかな今年《こぞ》の夏学期見上げる木々のうっそりとして

Andrew《アンドリュー》の厳《いか》ついマスク吹きそうになるを堪《こら》えておはようと言う

虎の子の空気汚染測定器見詰めるきみはわれを滅入らす

手直しという手直しを撥ねつけて何ゆえここにおるのかきみは

ひそかにもミシェル・キャサリン連合軍応援しつつ鷹揚に笑む

呉暁君《ごしょうくん》あかつきのきみを待つ部屋に残り五分で弁当かっ込む

羽衣をまとえる天女きらきらの粒子ふり撒き教室に来も

教室にひと足はやく夏の風はこびてきみの麦わら帽子

わたくしの一言一句吸い尽くしこんなことにもけらけら笑う

船便に揺られてははるかふた月ののち届くというきみのウクレレ

リクルートスーツ

〈上級2〉の日本語力はすばらしく　誰もが苦戦してる就活

そんなこと全然言わぬ面々の例文がその窮状をかたる

計画でなく計略という言葉えらびて莎莉《さり》の不敵なる笑み

変わらねばならぬのはきっと君たちじゃないけど初夏のリクルートスーツ

十三戦全敗中のJessica《ジェシカ》さん縞栗鼠のようにパン齧りおり

食い止みて愛敬《あいぎょう》づきたる眼《まなこ》もて吾《あ》の説明の不備を突くはや

奨学金の出処《でどこ》は日本財団の　ウクライナからIrina《イリーナ》さん来る

競艇のお金がわたしの生活を支えています　言いて微笑む

台風の話題になれば台風はウクライナには来ないと知りぬ

今日は知るイリーナの意味が平和だと　ゆりの木揺らすはつなつの風

濁世

アスペルガー《アスペルガー》症候群よくは知らねどやさしくて少し頑固なミシェルと思う

唐国《からくに》の文字を眩しみ一心にきみは書きつぐ初級の漢字

一マスを四分割しその中に一文字一文字埋め込むように

仕上がりしページはどこからどう見てもアートだ　しばし遠目に掲ぐ

アンドリューに差し出されたるブラウニーその端正な切り口を見る

うまいもの作れるきみは好感度さよならの日に上げてせつなし

九州の山猿われが申し訳なくも受け持つ〈上級ビジネス〉

木曜の夜の教室労働を終えた四人の女が集う

模擬会話つくる間しずか思案する顔つきにこそ野心輝け

ごろつきの統ぶる濁世《じょくせ》やへなちょこな敬語使いて笑い合いたり

中華鍋

地雷埋め地雷を除き永劫に地雷を埋めて地雷を除く

にんげんはほろぶのだろう炎天に蚯蚓を曳いてゆく蟻の列

照り映ゆる夾竹桃のつづく道ふと蟬声のやむときのある

大西洋熱塩循環止まる日のおなかを見せて浮くこどもたち

暑すぎて燃えあがる木の苦しみに佇立す西大門《ソデムン》刑務所の庭

健全な怒りを怒るわたくしの尻尾はかたく巻き上げられて

にんげんが明日ほろぶとも渾身の力をこめて振る中華鍋

におやかな夜のしずけさベランダの手すりにもたれ十六夜の月

マンションにともる灯りのオレンジの眼鏡をとればたちまちにじむ

いないものを強く感じて思い出は飲まずに逝った一掬の水

名前

はしきやしOlena《オレーナ》・Galina《ガリーナ》・Yulia《ユリア》・Rina《リナ》今日より入るクラスに行けば

名前など一度で覚えしゃんとしていたわれなるにこの日苦しむ

名を呼ばんとするにいちいち変な間が空けば霜夜のきりぎりす鳴く

抱えたるものの重さよ趣味のことポツリと言いて自己紹介終う

わが校にウクライナ人は通えどもパレスチナ人の通うことなし

空の見える監獄にいる人たちに翼は生えよ　神の出番だ

医者たちの好む言葉か「老化です」眼科に聞いて深くうなだる

老化した右目に蚊ども乱れ飛び猛烈に励む明目功ぞ

原状回復

眠り足らぬ五体起こしてのろのろとまず弁当を作らんとすも

胸を突かるる空の暗さよ明けぬ夜はないと今でも信じられるか

バス停にバス待つ間《あい》を取り出だす金木犀のハンドクリーム

甘くよい香りがたてば甘くよい香りがたつを平和だと思う

通達は給与の原状回復を告げてみじかく記された謝意

報酬の減額に長く協力してきたわれら　善人にあらず

うそ寒き欲しがりません勝つまでは　勝ったわけでもないわたしたち

経営陣ほどうれしくはないものを学生二人増えた教室

いろはす

2ℓ《リットル》の〈いろはす〉今日も携えて呉暁君《ウーさん》が来る野武士のごとく

ブラインド上げれば机上の〈いろはす〉に朝の陽は射す希望のごとく

歳月はきみを闘う女へと変え真ん前で見上げるわれを

きららかな肌きららかな瞳なれごぶりごぶりと水は飲みつつ

色恋を捨ててきたこと雑談にふいに漏らしてしずかなるきみ

ことばとはこうしてモノにするのだとこの半年をわれに教えけり

懸命に学ぶきみらにロクでもない日本であってよいはずもなく

晴れやかにカタストロフを待っている鳥鳴く那須の冬枯れの森

レームダック

ロシア人Mikhail《ミハイル》さんの進級の可否が気になる学期末なり

大方の予想通りにPlacement《プレメン》testの点数足りず　からのリピート

露ウ混成クラスを仕切る勇気など誰にもなくてなされる配慮

ユリアさんたちと一緒にできないとミハイルさんの注意進級

非常勤のわれに稀なる稼ぎ時来りてついに心躍らず

せわしなく過ぎゆく日々を表層で生きる私のこの浮遊感

粛々とレームダックを生きる日の引継ぎノートは丁寧に書く

惜しまれているうちが花か本日の最後の電気パチンと消しつ

左夢来

いざゆかん今期最後の担当の大成建設集中授業

北京から着いたばかりの体臭がもわっとあって誰も微笑む

「わたくしは侍です」と始まりぬ左夢来《さむらい》くんの自己紹介は

三十代前半やる気に満ち満ちたきみらの前でわれも声を張る

軍隊を知らねどたぶん軍隊はこんな感じに声を合わせん

スリットに覗けば暗き教室の机に突っ伏し動かぬきみら

午睡というエトス長閑けしにっぽんの職場でついに根づかざりしよ

ここを出ればもう戻ることなき道か春まだ浅き街へ踏み出す

あとがき　～日本語教師のことなど～

二〇〇二年に「まひる野」に入会してからちょうど二十年目の節目にあたる二〇二二年、歌集を出そう、と決意する。しかし、過去の自分の歌に対面するのは何とも億劫だった。具体的な事象に即した職場詠や旅行詠があるかと思えば内面の葛藤を詠んだ観念的な歌があり、古典的なスタイルの自然詠があるかと思えば百人一首のパロディーがある。歌のテーマやスタイルがバラバラなのだ。しかも新仮名遣いの歌と旧仮名遣いの歌が混在していて、歌集となるとどちらかに統一しなければならない。悩ましい。忙しさを言い訳にして先延ばしにしているうちに一年が過ぎた。

そんな折、島田修三先生に会う機会があった。歌集の方向性が定まらずぐずぐずしている私に先生は、「あなたの学校の歌は面白いよ」と言ってくれた。日本語学校の歌を中心にまとめよ、という示唆である。入会以来、私の月例の歌の選をしてくれているのが島田先生である。私以上に私の歌のことがわかっているに違いない。試みに日本語学校関連の歌を取り出してみると、その数は三五〇首を超えた。これならなんとかなりそうだ。最終的に、ここ二、三年については時事や世相を詠んだ歌も入れて、キリよく五〇〇首にまとめることにした。この歌集が日本語学校を舞台にしたテーマ歌集となった所以である。

歌集編集の過程で心境の変化があった。私にとって短歌を作ることは、自分の中から切り出してきた石くれに、ああでもない、こうでもないと言葉の鑿をふるう作業であり、その呻吟の時間がもたらす高揚感、充実感のようなものにこそ意味があった。ひとたび歌が成ればそれで気が済んで、できた歌を顧みることはなかった。ところが今回、そうして歌い捨ててきたものを読み直し、それに手を入れていくうちに、だんだんそれらの歌がかわいく思えてきたのである。二〇〇〇年に資格を取得し日本語教師としての一歩を踏み出して以来、曲がりなりにも二十数年続けてきた仕事だった。歌を読み返しながら、有り体に言えば私は自分の歩いてきた道のりを確認していたのだと思う。歌に対する愛着が湧いてきたのは、だからそんな道のりを歩いてきた自分を認めてやってもいい、と初めて思えたことの裏返しでもあった。そのことを私はありがたく思う。

私がそうであったように、日本語教師の多くは一コマいくらで働く非常勤講師である。

当然、授業の準備や授業後のフォローの時間はカウントされない。また、ひと昔前までは、教室といえば生活上の困りごとからアルバイトでのトラブル、学費に関する相談まで何でも持ち込まれる場であった。そんな時は、無い知恵を絞って目の前にある問題を解決するために手を尽くすしかない。さらに、学生たちにとって初めて知る「日本」が日本語教師である場合も多く、日本語教師が、「日本のことなら何でも知っている人」と誤解される事態がしばしば起きた。「そんなことないんですよ。日本人も色々ですから」と開き直ってもよかったが、結局お茶やお花、着付けといったものを習いに行くハメになった。

こんな日本語教師の大変さが、実はこの仕事のやりがいであり、面白さでもあった。教室に行けば学生たちの反応を通して自分が何の仕事をし、その仕事にどんな意味があるのかを実感できた。文化的背景の異なる者同士ゆえ軋轢が生まれることもあったが、一方でそうした壁を越えて分かり合えたと思える瞬間、学生から感謝されていると思える瞬間に、何度も立ち会えた。その経験は、私たちの労働の対価が決して金銭だけではないことを教えてくれた。やりがい搾取、上等！ である。そして何より、外国人である学生たちの眼差しによって、日本人や日本社会を相対化する視点を自分の中に育むことができたのは大きい。そこから、この国の文化や社会の成り立ちを深く知りたいと思うようにもなった。

二〇二四年の三月をもって、日本語教育の現場からは身を引いた。二年前に那須との二拠点生活を始めた頃から、遠からずそういう日が来るだろうという予感はあったが、図らずもこの歌集を出すことが、自分の気持ちの上で大きな区切りとなった。在職中は四つの学校に勤務したが、タイトルにある「中級1クラス」は、私が一番長く教えた最後の学校で、おそらく一番多く担当したクラスである。日本語教師として奮闘した日々への愛惜を込めて、このクラスの名をタイトルに冠した。

那須の家には畑があり、その周辺には森が広がっている。そこにはこれまで私の思ってもみなかった植物や虫や鳥たちの織りなす豊かな世界がある。その世界に分け入りながら、ここからまた新しい歌を歌っていきたいと思う。

島田修三先生の示唆と励ましがなければ、歌集の出版は叶わなかった。先生に心からの感謝を捧げたい。「まひる野」編集人の大下一真さんには毎月の出詠の場はもちろん文章を書く機会を与えてもらっている。この場を借りて御礼を申し上げたい。歌を作る上で大きな刺激となっている「まひる野」の先輩方、有望な若い人たち、そして最も身近な歌仲間であり、なかなか歌集の出ない私の背中をいつも押してくれたオールドマチエールの皆にも感謝の気持ちを伝えたい。これからもよろしくお願いします。

末筆ながら、快く出版を引き受けてくださった角川文化振興財団の北田智広さん、最後まで頼もしい伴走者でいてくれた担当の橋本由貴子さん、歌集に瀟洒で美しい装幀を施してくれた國枝達也さんに、厚く御礼申し上げる。

ありがとうございました。

二〇二五年一月吉日

米倉　歩

著者略歴

米倉 歩（よねくら あゆみ）

1968年　宮崎県高千穂町に生まれる

1992年　早稲田大学第一文学部日本文学専修卒業

2000年～2024年　都内の日本語学校で日本語教師を務める

2002年　短歌結社「まひる野」に入会

2005年　「まひる野」賞受賞

2022年より二拠点生活（浦安↔那須）をスタート

趣味は武術太極拳、健身気功

歌集　日本語《にほんご》中級《ちゅうきゅう》1《いち》クラス

まひる野叢書第416篇

初版発行　2025年3月25日

著　者　米倉 歩
発行者　石川一郎
発　行　公益財団法人 角川文化振興財団
〒359-0023　埼玉県所沢市東所沢和田3-31-3
ところざわサクラタウン 角川武蔵野ミュージアム
電話 050-1742-0634
https://www.kadokawa-zaidan.or.jp/
発　売　株式会社 KADOKAWA
〒102-8177　東京都千代田区富士見2-13-3
電話 0570-002-301（ナビダイヤル）
https://www.kadokawa.co.jp/
印刷製本　中央精版印刷株式会社

ISBN978-4-04-884641-7 C0092